KB060166

청어詩人選 414

사랑이란
그 이름

한영호 제3시집

청어

사랑이란 그 이름

한영호 제3시집

시인의 말

　문학을 동경하다 시를 쓰고 등단한 후 두 번째 시집이 나온 지 어느덧 10년 가까이 됩니다.

　시인은 시를 쓴 새로운 책이 나올 것을 생각하면 처음이나 지금이나 늘 설레고 기쁨입니다. 그동안 문학 환경도 바뀌고 급속한 정보의 발달로 이젠 활자체보다 통신에 의한 메신저가 생활의 주가 되다 보니 책을 내는 것이 망설여지긴 하지만 작가는 글을 쓰지 않으면 생명이 없는 것 같기도 하여 꾸준히 글을 쓰게 되는지도 모릅니다.

　글은 나의 과거 현재 미래를 이야기할 수 있어 좋고 살아가는 일상생활을 글로 쓰는 기쁨은 혹독한 더위와 추위를 잊게 하며 주변의 크고 작은 일들로 마음이 아플 땐 글을 쓰며 위안이 되기도 하지요.

　올해는 일흔이 되는 해이기도 하고 살구꽃 향기가 그윽한 4월에 어여쁜 아내와 결혼을 한 지 40주년이 되는 뜻깊은 해이기도 합니다.

　그동안 출판을 미루었던 원고를 꺼내어 정리하느라 무더운 여름도 즐거운 시간이었습니다.

그리고 무엇보다 나의 시를 읽고 좋아하셨던 든든한 나의 팬이셨던 큰누님이 지난 5월 아름다운 계절에 하늘나라로 떠나신 슬픈 마음이 책을 내는 계기가 되었습니다. 세월이 너무 빠르게 지나가고 내 곁을 떠나는 가족과 친척 그리고 지인들이 늘어나는 현실을 보면 나의 마음도 바쁘기만 합니다.

점점 변해가는 지구환경, 끝 모를 전염병의 창궐과 우리 사회의 급격한 변화와 늘어나는 각종 사건 사고가 일상생활을 어둡고 우울한 일이 늘어나는 현실에서 음악을 듣거나 교양서적이나 한 권의 시집을 읽고 마음을 달래고 위로받았으면 좋겠습니다.

세 번째 시집을 내기까지 묵묵히 응원과 용기를 준 아내와 사랑하는 아들, 그리고 나의 시를 여러 편 작곡하여 주신 이재성 선생님, 언제나 따뜻한 말씀을 하여 주신 이란 작가님께 감사를 드리며 정성을 다하여 예쁜 시집을 만들어 주신 청어출판사 이영철 대표님과 임직원 여러분께 고마움을 전합니다.

감사합니다.

이천이십삼 년 시월
우거에서 저자 씀

차례

제2부 가을에 부는 바람

제3부 그래도 사랑을 해야지

제4부 산 너머 저 하늘엔

제5부 사랑이란 그 이름

제1부

코스모스

들풀

알고 보면 약초이고
모르면 잡초인 것이
예쁜 꽃도 아닌데 누가 보기나 하랴

사람도 그렇다
미처 몰라서 그렇지
알고 보면
드러나지 않은 수수한 모습이
진정한 친구이며 사랑의 이웃이었다

겉으로
드러난 화려함에 그럴듯한 모습보다
힘들고 어려울 때 말없이 들어주고
찾아준 들풀 같은 모습의 사람들

곁에 있어도
잘 보이지 않는 건
들풀 같은 순수한 마음이었을 거야.

벚꽃

벚꽃은 구름과자
하얀 꽃송이 과자로 있다가
바람 불면 날아가지요

벚꽃은 껌딱지
비 오면
길바닥에 딱 붙어 있지요

벚꽃은 센스쟁이
하늘에서 지나는 연인에게
꽃가루를 마구 뿌려주지요

벚꽃은 요술쟁이
하늘에서 꽃비를 내리어
거리에 강물이 흐른 것처럼 보여주어요.

코스모스

그대가 보고 싶을 땐
난 코스모스를 봅니다
폭풍우 몰아쳐도
연약한 몸으로 견디어 내고
뜨거운 태양의 열기에도 메마르지 않고
예쁜 꽃 피며 노래를 부르지요

그대가 뭘 고민하는지 궁금할 땐
난 밤하늘의 별을 바라봅니다
앞길이 캄캄하고 막막하여도
별들은
나에게 힘내라며 미소로 속삭여 줍니다

이별의 아쉬움을 그리움으로 숨기듯
일이 안 풀리고 답답한 일 생기면
돌보는 사람 없어도
시련을 이겨낸 코스모스는
내 앞에서 춤추며 위로해 주고
별은
별똥으로 사라져도
조금도 슬픈 모습 없이

밤하늘을 곱게 수를 놓습니다

내가
코스모스와 별 보며 힘을 내듯이
사랑하는 우리 임도 위로받으며
새 희망으로
힘차게 일어나길 기도합니다.

들꽃 1

똑같은 하늘을 바라보고 살아도
들꽃은 언제나 설렘으로 산다

오늘은 비가 내릴까
내일은 산들바람이 불까
이런저런 날씨로
날마다 뜨는 태양도 아니고
밤마다 찬란한 별빛이 아니기에

들꽃은
늘 새로운 기다림으로 사는 거다

인생도
들꽃처럼 날마다 설렘으로 산다면
슬퍼하거나 아파할 일 없을 것이다

오늘은 행복을 주는 날
내일은 희망을 기다리며 사는 날

우린 사소한 일로
넓은 마음보다 좁은 마음이 되기 쉽고
사랑하는 마음보다
무심한 생각이 우리를 힘들게 한다

이제부터 우리는 들꽃처럼
설렘의 가슴으로 산다면
걱정이었던 마음이 편안해지고

들꽃처럼
해맑은 웃음으로
언제나 행복한 설렘의 삶 되리라.

들꽃 2

들꽃이 아름다움은
마음대로 숨을 쉴 수 있어서다
낮엔 실컷 햇볕 쏘이고
밤엔 마음껏 별을 바라봐서다

들꽃이 향기로움은
낮엔 목마름을 참으며
밤에 영롱한 이슬을 먹고 살아서다
좋으나 싫으나 바람을 곁에 두고 살며
좋을 땐 방긋 웃고
해맑은 모습으로 벌 나비와 놀지요

한 자리서
여러 친구와 비좁게 살아도
주어진 삶을
아름다운 모습으로 살기에
날마다
아침이면 싱싱한 모습이지요.

우리 아이들

아이들은 꽃동산이다
하얀 꽃, 노란 꽃, 빨강 꽃, 예쁜 꽃

아이들은 나무들이다.
나무 크듯이 무럭무럭 자라는 아이

아이들은 웃음꽃이다
여기저기서 하하하 호호호 웃는 꽃

아이들은 소리다
새소리 물소리 바람 소리 같은
우리 곁에 들리는 해맑은 소리.

꽃 5

꽃이 향기를 내는 건
누군가를 기다리기 때문입니다

방긋 웃는 모습을 보며
기다리는 마음은
아름다움을 나누기 위해서지요

일 년을 기다리며
핀 꽃은 오작교 까치처럼
만났다 헤어지는 슬픔을
꽃을 보면서 견디며 살고
바람이 친구가 되며 위로해 주지요

우리도
만남의 대화가 가장 아름답습니다

꽃은 만나는 사람에게
고운 모습으로 향기를 선물해 주듯이
우리에게도 꽃 같은 마음을 가진
그대와 만남이 가장 행복합니다.

꽃 6

꽃은 아침에 보면 청아해서 좋고
해 저물 때는 잔잔해 보여 좋다

아기처럼 보일 때도 있고
할머니처럼
보일 때엔 웬일인지 쓸쓸해 보인다
언제나 보아도 예쁘고
저렇게 보아도 곱고
있는 그대로 보이는 꽃은 향기롭지만
꽃으로 보일 때가 가장 아름답다

높거나 낮음이 없고
구김살이 없이 천진스러워
빗속엔 안쓰러움이
눈 속엔 순박함에서 우아하고
바람이 불면 잠시 고개 숙이고 고난을 넘기며
뜨거운 태양엔 함께 불타며
사랑을 나누고 미워하거나
싫은 소리 없이 누구나 똑같이 반겨주는
소박한 너의 모습이 가장 좋다.

꽃 7

하얀 민들레를 보았다

꽃은 힘들지도 않은지
언제나 싱글벙글이다

그래서 행복한 것일까?

웃으면 기분이 좋아지고
마음이 편하고 밝은데

우린 웃는데
인색하면서
행복하지 않다고 한다.

꽃 8

보랏빛 국화를 보았다
드물게 보는 빛깔이 너무 곱다

올망졸망 작은 얼굴이 모여서
한 아름 꽃송이 되니 더 예쁘구나

혼자면 외로울 텐데
어울려 피어 있으니 보기 좋다

사랑하는 사람도
꽃처럼 어울려 살면 행복해지고
사랑하며 살다 보면 웃음꽃이 핀다.

꽃 9

나의 이름은 꽃이야
그래서 늘 예쁘지

나의 모습은 꽃이야
그래서 언제나 웃고 있지

나의 향기는 꽃이야
그래서 모두가 날 좋아해.

꽃 10

꽃
넌, 언제나 웃고만 있니
난, 눈물이 많아서 그렇지

꽃
넌, 어쩌면 그렇게 향기가 좋니
난, 시련이 많아서 향기를 만들었지.

바람

바람도 나이가 있나 봐

봄바람처럼 살랑거리는 예쁜 바람이 불고
태풍처럼 휘몰아치는
열정으로 뭉친 청년의 바람이 있고
고운 단풍을 만들던 꽃 같은 중년에서
북풍한설 몰아치면 점점 몸이 식어가는
노인의 바람까지
바람의 세기에 따라
사람의 나이도 바람 따라서 간다

봄바람이 불어온 지 그제 같고
뜨겁던 태양에 비바람 치던 때가
어제 같았는데
어느덧
낙엽이 물드는 황금의 가을바람이 불었다

머지않은 그날의 시간이 오면
해 질 녘에 잦아들었던 바람처럼
인생도 바람 따라서 지고 만다.

자연

자연은 하늘에서 내리는 비를 마시며
햇살의 고운 빛을 받으며
불어오는 산들바람에 춤을 추며 산다

들판의 곡식이 익어가는 계절이면
풍성한 들녘은 채색으로 물들어간다

사람은 자연에 따라 살고
세월은 자연을 만들어가니
그 속에서 머무는 삶은 행복이다

산다는 것
주어진 자연에 순응하며
그 자리에
그대로 잘 있도록 함께하는 것이다.

살구꽃 핀 언덕

살구꽃 핀 언덕에
실바람이 불어오면 고왔던
그대의 얼굴이 떠오릅니다

그대와 헤어질 땐 아쉬웠지만
기약 있는 이별이기에
슬픔의 눈물은 없었습니다

삶의 하루는
자명종 소리에 눈을 뜨고
아침이 시작되면
일상적 생활이 지루함에 고단하여도
그대를 만날 생각에 하루를 시작합니다

살구꽃 향기가 코끝을 스치면
오늘은
기쁜 소식이 올 것 같아
나의 마음은 마냥 설렘입니다.

바람이 불던 날

바람이 몹시 불던 날

그대가 하는 말
삶이 너무 힘들다 하였을 때
바람에 나뭇가지 흔들리듯
삶도 잠시 흔들릴 때가 있고
진정한 삶은 아프면서 사는 거라고
말하였지만

그대의 모습이 너무 안타까워
바람이 부는 날이면
창밖을 바라보며
저 바람이 꽃을 피우는 바람이 되어

먼 훗날
네게 했던 이야기 나누며
그대가 잘되길 응원하며 기도합니다.

바람이 부는 날이면

바람이 부는 날이면
그대가 보고 싶을 땐

하얀 도화지에
그대 얼굴 그리며 마음을 달랩니다

바람이 부는 날이면
거리의 예쁜 단풍이
그대의 모습처럼 보여
날 부르며 손짓하는 것 같습니다

바람이 부는 날이면
그대 이름을 부르고 싶습니다

귓가에 스치는 바람 소리는
그대가 노래 부르는 것 같고
공원 벤치에 앉아
그대가 좋아한 노래하면 행복했지요

바람이 부는 날이면
낙엽에 편지를 쓰고 싶다

내가 좋아하는 시를 적어
그대에게 보내고
못다 한 사연을 써 보내면

그대도
기쁜 맘으로 받아 주겠지요.

가끔은

계절이 바뀔 때마다
난 어느 체질인지 알 수 없다
유난히 추위를 타서 겨울이 젤 싫은데
막상 여름이 되니
잠시의 더위도 참을 수 없다
조금만 움직여도 땀이 비 오듯 흐르면
이럴 땐
가끔 겨울이 기다려지다가
겨울이 오면
여름이 더 좋은 것 같다
군대 생활을 최전방 고지에서 추위로 고생하다
열사의 나라에서 더위로 힘들었는데
해마다 번갈아 오는 계절이 되면
어느 계절이 더 좋은지 판단이 안 섰는데
황혼의 나이가 다가오고 보니
여름이 더 좋음을 알게 됐다
모기도 한철이듯
무더운 여름도 잠깐이라 생각하면
오늘이 입추라는 소식에
다가오는 겨울이 심란해진다.

그 길의 추억

젊은 시절 다정히 걸었던
그 길은 푸른 숲길이었는데
얼마큼 세월이 지난 뒤
흰 머리카락 날리는 모습으로
다시 와 보니
지금 가을 길은
단풍으로 곱게 물들었네
손 시릴까 봐
잡은 두 손이 떠오른 옛 생각이
애틋한 사랑에
눈물은 왜 그렇게 나는지
낙엽 지는
그 길이 휑하니 쓸쓸하구나.

옛날엔 더 그랬다

요즘 사람들
이야기마다 살기 힘들다 한다
자고 나면 물가는 오르고 벌이는 신통치 않고
매스컴도 모임에서도 가족도
경제와 일자리 부족에 힘들다는 이야기다

이런 이유로
결혼도 안 하고
아기는 적게 낳거나 미루고
아예 포기까지 한다니 할 말 없다

뒤돌아보면
몇십 년 전엔 더 그랬다.
끼니 굶는 건 흔하고
오죽하면 먹을 게 없어 부황이 들었고
영양실조에 죽기까지 했다

산다는 건 늘 그런 것이다
그래도 우리 삶이
희망마저 없었다면 더 힘들었을 것이다.

제2부

가을에 부는 바람

봄

봄은 거북인가 봐

토끼처럼 뛰어왔으면 좋겠네

대지의 새싹도 앙상한 나무도

널 오길 기다리고 있어

추운 겨울이 빨리 지나가도록

미적대지 말고 어서 왔으면 좋겠네.

경칩

오늘 개구리가
바깥세상에 나온다는 경칩인데
한기가 뼛속까지 스민다

인간의 체감보다
더 민감한 건 미물인데
아직 때가 아닌 듯 보이질 않는다

만물의 영장인 인간은
어느 땐 미물보다 못할 때 있는데
절기는 경칩이라지만 온도는 영하다

못 믿을 경칩
알 수 없는 인간의 잣대
봄은 정녕 꽃 피고
종달새 울면 봄인가 보다.

봄 햇살

경칩이 지난 어제보다
오늘 창밖의 햇살이 너무 곱다
살아있음에 밝은 햇살을 보니
왜 이렇게 울컥해지는지 모르겠다

어느 땐 이유 없이 눈물이 나오고
부드러운 소슬바람 불면
소풍 온 것처럼 기분이 한없이 좋다

사랑이란 이런 것일까?
조그만 것에도 느낌이 새롭고
따스한 봄바람 하나 있으면
저절로 행복해지는 자연의 사랑
봄 햇살 비추어 겨우내 얼었던 땅이
파란 싹 나오면
아기가 태어난 듯 기쁨의 탄성이다

봄 햇살은
내 생명을 새롭게 깨우고
자연의 신비로움 보여주는 마술쟁이.

봄의 미소

꽃을 보면
웃는 모습에 향기가 난다
사람의 눈빛에 웃음이 있듯이
꽃은
반짝이는 눈빛에 봄이 가득하다

봄의 시작은
나뭇가지에 지긋이 꽃 눈뜨면
바람이 전해준 소식에
자연은 기지개 켜고 일어난다.

살구

울타리 안에 있는
두 그루 살구나무
서로 경쟁이라도 한 듯
가지마다 찢어지도록 열렸다

식구가 많아 올망졸망한 크기
살기가 힘든지
그중 일찍 철든 녀석이
가족에게 나와
내 앞으로 톡 하고 떨어진다

겉보다 속이 더 샛노란 살구
쓱쓱 닦아서
한 입 베어 먹으니
시큼함보다 새콤함 맛에
한동안 넋을 잃었다.

봄의 속삭임

봄은 조용한 소리다
얼음장 밑으로 흐르는 물소리 나면
새싹이 고개 쏙 내미는 소리
부스스 일어난 개구리 뜀뛰기하고
봄바람이 갯버들 간지럼 태우면
사방에서 꽃 피고
종달새 하늘에서 노래 부르면
앞마당 병아리 엄마 품에 잠들어
파란 들판이 스르르 열리고 있다.

여름

여름은
시끄러운 소리의 계절
피서 나온 사람들의 즐거운 함성
시도 때도 없이 울어대는 매미 소리
무섭게 몰려오는 바닷가 성난 파도 소리
거침없이 휘몰아치는 태풍
그래도
듣기 좋은 소리는
잠자는 아기의 새근거리는 숨소리.

매미

한여름 매미가 떼창을 한다
한 녀석이
앞소리 하면 모두 따라 한다
매미도 합창의 멋스러움을 아는 걸까?
웅장하게 지르는 소리가 신나는지
저희끼리 좋아서 합창하는데
인간은 시끄럽고 불편하다, 한다

가끔은
인간도 제 기분대로 하는
매미 같은 사람도 있지만
보기 싫고 듣기 싫을 때 따라 하는 건
인간도 미물과 다를 것 없다

어린 시절
매미 한 마리 잡아서 놀던 땐
매미가 소리 내면 좋았는데
뒤돌아보니
삶도 바뀌고 세상이 바뀌어도
세월만큼은 옛날이 더 좋더라.

아카시아

처음엔 널 본 순간 너무 싫었어
볼품없는 모습이며 가시가 있으니
나뿐 아니라 누구라도 그랬을 거야
그런데
얼마큼 세월이 지나
너에 대해서 생각이 바뀌었어
오월 어느 날 아침
창문을 여니 향기로운 냄새를 향해
밖을 내다보니
화려한 꽃망울이 가득하고
곱게 핀 꽃의 주인공이
너였단 사실을 알게 된 거야
나뿐 아니라 벌, 나비도 친구였지
궁금한 마음에 자세히 알고 보니
꿀은 일등상품이고
염소 토끼도 이파리를 좋아한다더군
민둥산에
푸른 숲 만들어 산사태 막아주고
척박한 땅에도 잘 자라며
곧게 자란 나무는 좋은 가구의 재료라니
이런저런 쓰임새가 많은 넌

모두에게 유익한 걸 보면
알수록 고마운 존재였지
우리에게 생명의 나무로 지켜준 너에게
그동안 미안했었던 마음을 전하고 싶구나
오래도록 우리와 함께하여주길 바라는
오, 고마운 나무 아카시아.

*본 이름은 아카시인데 아카시아로 부르고 있음.

여름 가고 가을 오면

여름 가고 가을 오면
난 마음이 풍성해진다
뜨거운 여름의 태양은
자연을 살찌게 하는 햇볕이고
소나기 내리는 여름은
곡식을 튼실하게 만드는 청량제이어라

바람 없는 여름은 풍성한 가을이 없으며
뜨거운 열기 없는 여름은
오곡백과 가을을 만들지 못한다

여름은 가을의 영양분이며
풍년을 만드는 계절이기에
여름은 고단함의 계절이어도
땀방울 흘린 열매는 가을이 기대된다

여름은 계절로 끝나는 게 아니며
풍요로운 가을로 이어지며
이제 곧 굵어진 하얀 이슬 맺힐 때
빛깔 좋은 알곡이며 단풍으로 돌아온다.

자두

뜰 앞에 자두가 주렁주렁 열렸다
유월의 햇살 받으며
이파리 사이로
성숙한 자태로 얼굴 내밀더니
온몸에 하얀 분 바르고 단장한 맵시
야~
붉다 못해 검붉은
저 모습이 볼수록 장관이구나!

나무

나무가 높게 자라는 건
하늘에 닿기 위함이 아니다

땅속의 영양분을 모아서
하늘 끝까지 가고 싶기도 하지만

어쩔 수 없이 경쟁하고
햇볕을 많이 받아
살기 위한 몸부림이기에

모든 기운으로 키 높이고
가지를 많이 만들어
바람을 많이 품어도 넘어지지 않기 위함이다

동서남북
앞뒤 좌우 균형을 맞추고
늘
푸른 마음을 간직하며 잘 살아가는 나무.

낙엽

늦가을이면
낙엽들의 무대가 시작된다
잔잔한 바람엔
발레리나가 되어 사뿐히 내려앉고
심한 바람엔
어느 녀석은 수많은 재주를 넘으며
저 멀리 달아나 버린다
또 다른 녀석은 공중에서 회전하며
하늘로 올라가 사라져 버리고
어느 땐 회오리바람을 만나면
주위 친구들을 몰고 어디론지 밀려가 버린다

낙엽은 헤어지는 운명도
우리네 인생처럼 타고난 때가 있는 듯
비 맞은 낙엽은 땅에 찰싹 붙어 붙박이다
울긋불긋 단장한 낙엽
곱게 물들 땐 하나같이 예쁘더라도
세상으로 출발하는 시기 땐
저마다 가는 방향대로
알 수 없는 미래를 향해 뿔뿔이 흩어진다.

어디쯤

어디쯤 서 있어야 우린 행복하다고 할까
어디쯤 와 있어야 우린 잘 산다고 할까

삶의 기준이
저마다 다를지라도 잣대는 있을 것이다
그 잣대는 누가 만들었는지 모르지만
어디쯤을 찾기 위해 우린 슬픔과 기쁨에도
자유로울 수 없는 그런 삶을 산 것이다

그러다 어느 순간
우린 참 부질없다는 걸 알게 되었다
세월이 흐르니 온갖 부실한 곳이 늘어나고
먹고 싶은 것, 가고 싶은 곳 다 보아도
이젠 우린 행복하지 않았다

산다는 것 기쁨도 순간이요
바람도 다 때가 있다는 것
모든 것 내 곁에 있어도
쓸 수 없는 부실한 몸이면
그토록 바랐던 것들이
하나도 행복하지 않았다

잘 산다는 건

우린 보이지 않는 그 무엇을 찾으러
너무 긴 세월을 허송하며 지냈으니
허망함도 아쉬움도
그 어디쯤으로 사라졌으면 좋겠다.

가을 같은 아내

난, 가을같이 아름다운
당신이 있어 행복합니다

언제나 한결같은 마음으로
단풍처럼 고운 모습이
싱그러운 햇살의 따사로움처럼
늘 감사합니다

때로는 좋을 때보다
부족함이 더 많았겠지만
늘 날 이해하여 주고 함께 살아준
당신을 정말 사랑합니다

살다 보면
어찌 미워하는 맘 없었을까요
그러나 그것이 네 탓이 아니라
내 탓이라고 생각한 당신에게
난 미안한 마음이 있답니다

이제 날씨가 차가워지네요

그리움은
가을처럼 아름다움이라 생각하며

남은 시간 동안
난 당신이 좋아하는 모습만 보며
영원히 행복하게 살고 싶습니다.

가을에 부는 바람

봄에 부는 바람은
꽃피우러 오고
가을에 스치는 바람은
낙엽을 물들이고 간다

바람은 오는지 모르게
저만치 머물러 있고
소리 없이 내 곁을 지나면
가을은 깊어 가는데
오동잎 떨어지는 소리에
고요한 밤은 더 쓸쓸해져
뒤척이다 잠이 듭니다

가을에 부는 바람은
다가오는 겨울보다
돌아온다는 기별 없는 임 생각에
나도 모르게 눈물이 납니다.

겨울 1

매서운 추위가 올 때마다
기세 올리는 무서운 군사들
사계절 중 겨울엔 막강한 부대
추울수록 더 강해지는 동장군
난, 그래서
겨울이 오면 무섭다.

겨울 2

토끼와 거북이 경주에서
두 녀석의 승부는 막상막하다
여름엔 거북이가 이기고
겨울엔 토끼가 이긴다
모두 느림보가 되는 여름
모두가 달리기 선수가 되는 겨울
여름과 겨울엔 모두 거북이와 토끼다.

겨울의 추억

첫눈이 오면 모두가 설렌다
눈이 펑펑 내릴 때 즐거운 함성
눈 위로 걸을 때 뽀드득거리는 소리
쌀가루보다 부드러운 느낌
눈 뭉쳐서 요리조리 모양을 만든 예술품들
호호 불며 손 녹여가며 만든
하얀 조각상 모습
비뚤어진 코
벙긋 웃는 입가의 미소
앙증맞은 수염까지
갑자기
저마다 솜씨로 전시장 된 동네 모퉁이
아이들 재잘거림은
영락없는 참새들 합창이다.

제3부

그래도 사랑을 해야지

그래도 사랑을 해야지

세상이 무너질 것 같은 절망 속에서
한 가지 희미한 불빛을 보았습니다
언제까지 어둠이 이어질 듯한 밤이어도
시간이 흐르면 광명의 햇살이 비치듯이
지금은 폭풍우가 몰아쳐도
힘겹게 버티어 나가면 비바람이 지나갑니다

세상엔 변하지 않는 것 없고
사라지지 않는 것이 없습니다
그러기에 우린 절망보다 희망을 보고 살아야 합니다
나에게 사랑보다 아픔을 준 사람도
뒤돌아보면 그땐
내가 왜 그랬을까 하는 생각이 들어
후회하는 시간이 오듯이
그때 잘 이겨낸 덕분에 지금은 살만하잖아
지금은 더 잘 됐잖아! 하는 때가 우린 있습니다

기회는 나에게 먼 꿈이 아니라
내가 그걸 몰랐을 뿐이지요
그렇기에 우린 지금의 삶이 고달파도
내일은 희망의 빛이기에
이 순간을 끊임없이 사랑해야 합니다
살다 보면
그때 견디기 잘했지?
생각하면 머잖아
우리에게 행복한 순간이 올 것입니다.

비 오는 날

비 오는 날
마음이 우울할 땐 전화를 해 보세요
잊혔던 사람
그리운 사람에게 전화하면
기다리던 그이가 반겨줄 거예요

전화 속엔
아련했던 추억이 떠오르고
기분 좋았던 이야기 나누면
안 좋았던
지난 일들이 빗속으로 사라질 거예요

비 오는 날 전화를 하면
차 마시며 나눴던
정다운 이야기만 남을 거니까요.

슬픈 기억

떠나간 시간이 오래된 만큼
기억도 희미해질 것 같은데
왜 그런지 그대의 모습은
어제의 일처럼
내 가슴에 뚜렷이 새겨져 있어요

그래서 더 아픈 것은
사랑은 식었어도
사람은 더 가까이 보이는 것인가

그대는
내게 무슨 미련이 많은지
생각하면 생각할수록
발걸음은 터벅거리고
하늘의 별빛도 희미해져 가고 있네.

바람이 부는 세상

우리가 사는 세상은
언제나 바람이 불고 있다

살기 좋은 세상은 신바람이 곁에 있고
힘들고 고단할 땐 찬 바람이 불고 있었다

세상을 살다 보면
언제나 봄바람만 부는 것 아니지만

찬 바람이 불어오면
화사한 분홍빛 꽃바람으로 만들어 보자

봄은 희망의 새로운 바람이라면
겨울의 칼바람은 고요와 인내의 바람이다

행복은 여름의 태풍도 맞아보고
가을바람 부르는 노래를 들으며

인생의 평정심에서
문풍지로 들어오는 미풍을 느끼는 것이다

우리는 바람이 그리는 그림처럼
아픔 속에서 울다 웃다가
바람이 멈추길 기다리지만

사시사철 내 곁에서 맴도는
샛바람 하늬바람 높새바람
뒤바람이 불어오는 바람에서 살며

행복과 불행의 바람이 부는 세상을
인생을 지혜롭게 잘 마무리하는 것이다.

이 시간에

이 시간 당신은 뭘 하고 있나요?
아무도 없는 고요한 밤
둥근달이 너무 밝네요

나는
오늘처럼 초롱초롱한 밤이면
호수 위 떠 있는 달을 바라보지요

귀뚜라미 노래를 하고
미풍에 흔들리는
코스모스 향기가 코끝을 스칠 때

오늘 이 시간엔 온전히
난, 당신만 생각하고 싶어요.

황금 연못

매주 토요일 아침 방송되는
황금 연못 TV 프로그램엔
우리들의 과거 현재 미래가 들어있다
어제는 나의 부모님의 발자취가
오늘은 내가 있고 내일은 자녀들이다
지나고 보니 고난스러운 세월을
어떻게 이겨내며 살아왔을까
지금 우린
지난날보다 잘 먹고
잘 살고 있는데
행복해하지 않으며 불평불만이 많다
세상엔 역경 없는 성공은 없으며
감사함이 없는 행복은 없다
우리가 지금 살아있다는 건
부모님의 희생된 삶이 밑천이었다
황금 연못을 보면
어느 땐 나도 모르게 눈물이 나는 건
지난 세월과 지금의 시간이 이어지면서
한 편의 영화와 연극 같은 이야기의 삶에
우리는 멈춤 없이
시간의 역사가 숨 쉬며 살고 있기 때문이다.

추억

추억은
이야기라는 양념이 잘 버무려진
맛있게 만든 음식으로
잘 차려 나온 밥상이다

그 밥상엔
내 삶의 추억들이
한 글자
한 장씩 기록한 지워지지 않은 일기장이었다.

간이역(簡易驛)

어쩌다 생각나듯 정차하는 간이역엔
바람처럼 살며시 왔다가 꽃처럼 예쁘게
긴 여운을 남기며 사라지는 간이역

크고 작은 보따리
이고 지고 장터로 가고
덜커덩거리며 흔들리는 기차는
시골 풍경은 담아 가고
도시 풍경은 한 아름 내려놓지요

차 시간 놓칠까 봐 맘 졸이고
낯익은 사람 만나면
열차 안은 왁자지껄하는 소리
온종일 분주함에
그 옛날의 추억을 담은 간이역

코흘리개 동생은
눈깔사탕 사 오길 엄마 기다리고
큰아들은 고무신 한 켤레 사 오길 바라던
잊혀가는 지난날과 오늘을 이어주는
그림처럼 아담한 모습 간이역.

경로석

전철을 탈 때면
나는 늙은이가 되기 싫어
일반석 앞에 서 있으면
어느 땐 나에게 자리를 양보하려 한다
고맙기도 하고 괜찮다 사양을 하지만
내 모습이 그렇게 보이는지
아니면 젊은이가 보기 불편하니
경로석으로 가시라는 신호인지
별의별 생각에 마음이 착잡하다

남들은 손주가 있어 그렇다 해도
난 아직 없는데
어르신 여기 앉으세요?
하는 소리 들으면
어느 땐 서글픈 마음이 든다

그래도 어찌하랴
젊은이 눈에 그렇게 보이는 걸
나 혼자 안 늙었다, 생각해도
세상은 아니라는데
오늘
내게 또 한 번 아픈 경험이다.

그리움 1

단풍이 지는 가을이면
못 견디게 그리운 사람
지나고 보니
나도 모르게 그댈 사랑했었네

그대도 날 그리워하는지
궁금한 마음이 가득하지만
왜 그렇게 용기가 없는지
물어볼 수 없는 안타까운 시간
스치듯 지나가듯 몇 시간을
만났을 뿐인데

지하철역에서 헤어질 때
우린 맞은편 유리창 너머로
몇 번이고 뒤돌아보았었지
무심한 세월이 흐르고 흘러
나뭇잎 떨어지는 소리 들으면
그날이 생각이 나서
말없이 하늘을 바라보며
그리움에 가슴이 메어 온다.

그리움 2

안 보면 잊힐 줄 알았는데
마음이 멀어지면 지워질 줄 생각했는데

날이 갈수록
지우려 하면 생각이 나고
세월이 지나도 가까이 다가오네

그리움은 파도와 같아서
밀려왔다 사라질 줄 알았는데

아무리 애를 써 잊으려 해도
바람처럼 내 곁에서 맴돌고 있네

이제부턴 그리울 때마다
달 보며 웃고 별 보며 노래 부르며

하늘에 계신 부모님과
마음의 고향에서
함께 있으면서 그리움을 달래렵니다.

나이를 먹는 것

나이를 먹는 것
슬퍼할 일도 기뻐할 일도 아니지
지금 열심히 뭔가 하고 있다면
괴로워할 일도 아니지
지나고 보면 그때가 좋았다
생각할 땐 행복하다는 것이다

나이를 먹는 것
그만큼 몫이 다르기에
새로운 삶을 지혜롭게 사는 것
이젠
우린 행복한 고민으로 즐거워하자.

내 모습

일흔의 내 모습 보니
한때는 멋져 보였는데
이제는 초라해 보이네

늘어난 주름살 하얀 머리카락
세월을 거스를 수 없듯
내 모습이 그런 것 같네

그래도 후회는 없다네
사는 날까지 감사하며

난, 지금의
내 모습을 사랑해야지.

너의 마음

너의 마음은
아름다운 달이 있어 고왔고
너의 눈동자는
반짝이는 별이 있어
내 맘을 사로잡았지
햇볕만큼 따뜻하고 포근한 친구야
꽃처럼 영롱하고 향기로운 모습이구나
산들바람같이 부드러운
너의 고운 소리는
난 너와 있으면 행복한 세상이었지
너의 빛깔은
언제나 하늘처럼 파란 호수였어요.

마음의 정원

한 송이
꽃이 마음을 행복하게 하고
하나의 열매에서 인생을 기쁘게 한다

한마디 칭찬이 기분을 살리고
인색한 얼굴 뒤엔
평생 아픈 기억을 남기게 한다

웃음은 마음속의 정원

어떠한 꽃을 가꾸느냐에
마음이 넉넉해지며 평화로워진다

삶은 자기 마음에
아름다운 정원을 가꾸는 것

주어진 자기의 몫을 받아들이며
감사하며 분수에 맞게 사는 것이다.

마음

보이지 않지만
마음을 채우기보다 비우기가 더 어렵다

가만히 있으면
괜스레 스멀스멀 온갖 생각이 나서
어느 땐 마음을 추스르기 어렵다

우린 정리할 것들이 있어도
곰곰이 생각하다 보면
미련이 남아서 힘들 때가 있다

사람들이 비우지 못하고 채워진 것들을
제때 정리하지 못해 빈축을 사거나
자신이 망가지는 것도
그 속에 복잡한 매듭이 있으니
비운다는 건
그만큼 많은 시간이 필요하다

마음이란
보이지 않지만
저마다 크기의 공간이 달라서
생각지 못하고 가지고 있다가
꼭 일이 터지고 나서야 보이니

적당할 때 비우는
분수라는 마음의 약이 있다면
얼마나 좋을까 하는 생각이 든다.

때

누구나 한겨울엔
며칠 만에 목욕하니 때가 많이 나온다

매일 조금씩 때 쌓이듯
알게 모르게 그만큼 잘못도 클 것이다

선거철엔 이런저런 뉴스를 본다
자신에겐 때 없고 죄와 잘못이 없는지
남의 잘못을 끊임없이 이야기한다

남 탓하고 자기만 옳다는 사람
알고 보면
그 사람 때가 더 많을 것이다

뱀처럼
자기 허물 벗고 고백하는
그런 정치인 어디 없을까?

자기 잘못을 인정하고 반성하는 사람
때가 적은 그런 사람을 선택하고 싶다.

계절을 보내며

화사한 꽃소식이 서울로 올라가고
빛깔 좋은 단풍은 고향으로 내려간다

코스모스 길 걸으며 위로받으며
가느다란 꿈을 붙잡으며 살아온 세월
좁은 길을 서성이며 살아왔구나

방황하는 시간이 많을수록
인생에 쓰는 노트가 그만큼 두텁다면
먼 훗날엔 행복하리라 믿는다.

제4부

산 너머 저 하늘엔

별, 달빛 같은 삶

별은 보랏빛 내릴 때 슬퍼 보이고
달은 금빛의
웃음으로 보일 때 밝게 비친다

사람은 때때로 보랏빛 별빛에서
행복을 가져온 달빛이려니
좋을 땐
달을 보고 웃고
힘들 땐 별 보며 울어버려라

우리에게 머무는 희, 노, 애, 락은
바람처럼 지나가는 삶이려니
산다는 것
어느 것 하나 버릴 수 없는 일

우리의 인생은
우리가 사는 인생은
별, 달빛 같은 신비로운 삶입니다.

아침이면

하루 시작을
만나는 사람마다 안녕하십니까?
"감사합니다"라고 말하면
내 마음도 기분이 좋아 밝아진다
감사라는 말은 너와 나의 선물이며
많으면 많을수록 좋고
적으면 적은 대로 기쁨이 되는 말
하루가 끝났을 때도
"감사합니다" 기도하면
나의 삶이 행복해집니다.

산 너머 저 하늘엔

고층 건물에
턱 막힌 하늘만 바라보다가
오늘, 저쪽 길
산 너머 언저리로
파란 하늘을 보니 기분이 좋다

하얀 뭉게구름이
바람 따라서 간 자리엔
무지개가 놀러 오고
새들의 보금자리가 있다

산 너머 저 하늘엔
내가 좋아하는 그대가 살고 있고
푸른 산 저 너머에서
그대와 동심의 꿈이 자랐다

오늘
태양이 피어오르는 아침
산등성이 너머로
하늘이 바다가 되는 풍경에
일상의 작은 즐거움이
얼마나 행복한지 모른다

입추가 지나간 계절에
하늘 아래 사는 우리는
언덕 너머로 푸른 하늘이 보이듯
힘들었던 일들은
구름 따라서 지나가 버리고
우리 모두에게 희망의 푸른 하늘이
더 넓게 펼쳐지고
꿈이 이루어지도록 응원하겠어요.

별은 나에게

난, 별을 사랑했네
별은 나에게 희망이며
별은 나에게 행복이며
별은 나에게 추억이며
별은 나에게 그리움이기 때문입니다

난, 그대를 사랑했네
그대는 나에게 꽃이며
그대는 나에게 친구이며
그대는 나에게 설렘이며
그대는 나에게 꿈이기 때문입니다

사랑한다는 것은 오랫동안
가슴에 남아있기에
별 같은 그대는 영원한 아름다운 노래입니다.

석양

해 지는 하늘을 보면
노을의 아름다움이 무척 황홀하다
그러다
이런저런 생각엔 괜스레 쓸쓸해진다

여름의 석양은 여유가 있어 나은데
겨울의 석양은
잠시 시간도 없이 곧바로 사라져 버린다

여름은 젊음의 시절이라면
겨울의 짧음은 노인의 모습 같다

인생은 누구나 오는 황혼
오늘
석양을 바라보니
이런저런 생각에 마음이 착잡하다.

만월

비 갠 뒤 맑은 하늘엔
유난히 크고 밝은 보름달이 환하다
달빛이 온 하늘에 쏟아져 내리고
마을 앞동산엔
만삭의 하얀 항아리가 떠 있으면
저 달을 향해 소원을 비는 사람도 있고
슬퍼하거나 위로받거나
달을 보며 좋아라, 뛰놀고
조용히 달빛에 취해 걷는 사람도 있으리라

나도 휘영청 밝은
달빛 속을 걸으며
달의 아름다움에 흠뻑 젖었다
살아있으니
이렇게 아름다운 달을 마음껏 보며
추억에 젖어보기도 하고
이런저런 생각으로 호강을 하는구나

사방에서 풀벌레들이 노래 부르고
달맞이꽃이 유난히 예뻐 보인다
밤이 깊어 갈수록
새들의 소리도 구슬프게 들리고
간간이 들려오는 사람들 목소리도 청청하다
오늘 밤
내가 느끼는 달빛은
내겐 잊지 못할 하나의 선물을 받았다.

별을 보며

난
밤하늘의 뭇별을 보면 서글퍼진다

별들이 한둘씩 사라지듯
내 곁을 떠나는 그리운 사람들
별은 어둠이 사라지면
다시 볼 시간을 기다리지만
인생을 떠나는
내 임들을 어디서 기다려야 하며
어디로 가서 다시 만난단 말인가?

이승에서 한 번 떠나면
그곳은 기별도 안 되고
만남은 별똥처럼 사라지는 약속이런가
삶과 죽음은 늘 있지만
기약 없이 헤어진 슬픔을 가슴에 묻네.

자연을 생각하며

좀처럼 올 것 같지 않은 봄이 왔다
좀처럼 올 것 같지 않은 비가 내렸다

경칩이 한참 지나도록
매섭던 추위가 서서히 물러나더니
추위가 수그러들고
비 오지 않아 산불로 몸살을 앓았는데
비 내리니 그 틈에 불이 꺼지고
안양 천변 산수화가 봉긋하게 얼굴을 내밀었다

자연은 인간을 실험하듯
그토록 춥고 산불로 고통을 주더니
모두 지쳐갈 무렵
비가 내려 한시름 놓았다

만물의 영장인 인간이 나약함을 보일 때
조금 내린 봄비 머금고
산수유는 때를 놓치지 않고
저렇게 곱게 피었구나.

별이 사라진 하늘

밤하늘을 바라본다
응당히 있을 별이 보이질 않는다

별 아래로 새까맣게
이불을 덮어 놓았으니 보일 리 없다

어린 시절 마음껏 보았던
초롱초롱했던 그 많던 별이 없다

쏟아져 내리던 별들 사이로
별똥이 빠르게 달리던
불화살도 보이질 않는다

배고팠던 시절 불렀던 노래들이
이젠 별이 보고 싶어서 노래한다

별 하나 나 하나, 별 둘 나 둘
수없이 되뇌던 그 시절은
이젠 역사의 뒤안길 이야기이었다

별을 주제로 한 무수한
전설들도 사라진 지 오래다
마을의 전설도 사라지고 까맣게 잊혀가는
그리운 시절들도 먼 전설이 되어가고 있다

이젠 고향을 지키던 사람이 세상을 떠나고 보니
남은 몇 사람마저 세상을 떠나면
그나마 듬성듬성 남아있던
이야기들이 아주 추억 속으로 사라질 것이다

가을이 깊어 가니 온통 그리움뿐이다
계절은 그리움도 함께 오가는지
이젠 새로운 기대보다
있는 것마저 간직하기도 버겁다

가을이 깊어갈수록
추억과 그리움도 빠르게 사라져 버려
허전함이 빠르게 다가오고
그 자리엔 긴 한숨만큼
이름 모를 그리움이 진하게 새겨져 있다.

뱀

난 뱀이 싫다

그래서 뱀을 보면 피한다
뱀도 내가 싫은지 날 보고 피한다
약속이나 한 것처럼
서로 피하는 게 상책이다

싫은 사람 있다면 뱀처럼 피하면
아무 일 없어야 하는데
그게 어려운 게 인간이기에
그래서 일들이 생기는 것이다.

정거장에서

배낭을 메고 여행을 떠난다

낯선 거리 멋진 풍경의 신기한
세상을 보며 발길 닿는 대로 간다

산들바람이 부는 밭두렁 언덕엔
들꽃이 한들거리고
새 우는 소리에 하늘을 보며

조그만 정거장에서
기차를 기다리다 추억을 생각하니

나그네의 길 떠나는 모습이
기차처럼
또 다른 세계를 향해 끝없이 걷는다.

울릉도

한겨울 울릉도에 쌓인 눈
동해의 물보라 모아서 하얀 눈 만들었다
나리분지 눈사람은 누굴 기다리고 있나?
깃대봉의 나무는 홀로 섬을 바라보고
호박엿 달콤한 맛처럼 아가씨 마음 녹는다
사랑해 금빛 바다
우리나라 동쪽 바다 울릉도

손짓하며 닿을 듯
저곳이 우리 땅 홀로 섬이다
태평양으로 나가는 푸른 바다 홀로 섬
가슴으로 맞이하는 우리의 따뜻한 홀로 섬
오징어 떼 몰려오는 넉넉한 바다에
어디서 보아도 세상에서 가장 아름다운 섬
사랑해 옥빛 바다
우리나라 동쪽 바다에 있는 울릉도.

고향의 향수

고향의 고샅길 걸으면
왜 이렇게 기분이 좋을까?

어제와 오늘이 이어지듯
나 또한 고향의 모습으로 닮아져 가네

세월은 흐르고
사람도 세월 따라서 가고

나도 그 속에서 살며
고향의 숨결을 느끼고 있네

봄에 살구꽃 피고
복숭아꽃 만발할 때

고향은 꽃동네 화려한 궁궐이었지

고향의 고샅길 걸으니
나도 모르게 콧노래 부르네.

눈물

슬픔의 눈물은 짜고

기쁨의 눈물은 달다

그것이 우리의 삶이다.

고향길

고향의 모퉁이 길 걸으면
내 어린 시절이 생각난다

옹기종기 들어섰던 초가집 사이로
길모퉁이에서 술래잡기하고
눈싸움과 딱지치기하며 놀았다

바람결 따라서
뒷동산 올라가 들판을 바라보면
초록 물결이 파도처럼 보였고
사계절이 아름다운 색깔의 나의 고향

세월 따라 마을도 나이를 먹고
나도 마을 닮아 늙어 가고 있는데
어쩌다 고향의 길 걸으면
어느새
나의 마음은 소년으로 돌아가네.

제5부

사랑이란 그 이름

아침에

이른 아침
까치가 인사를 한다
상쾌한 기분에
새들의 노래도 이슬처럼 맑다

보슬비가 천천히 내리는 아침
휴일은 분주함이 없어
조용함이 더해서 청아하다

식물이나 사람이나 이름 모를 미물도
아침이 좋은지 모두가 밝고 예쁘다

아침은
모든 것이 날 반기니
그래서 난 아침이 좋다.

삶의 하루

하루 일 끝은
해와 헤어지는 것이며
밤의 일 끝은
전등불과 이별이다

우린 매 순간
해 뜨면서 만나고 헤어지고
연속적인 생활에서 관계로 이어지고
세월이 오가고 반복하다가
언젠가는 인생의 삶도 끝나는 거다

오늘 잘 살았다는 건
이런 관계가 잘 이어졌다면
부족함 없으니
이만하면 만족한 삶의 하루다.

행복이 머무는 마음

비바람에 꽃잎이 떨어질 때
자지러지는 소리 들린다
찬바람에 낙엽이 흩날리는 소리 들으면
내 맘은 침묵 속에 가슴 아프다

꽃잎이 떨어진 아픔이
어찌 너의 아픔이며
낙엽이 흩날리는 슬픔은
어찌 너만의 슬픔이랴

세상엔 무엇이든 시작과 끝이 있으니
우리는 그것을
늘 마음에 품고 있으면
기쁜 일에도 지나치게 즐길 일 아니며
슬픔에도 담담하게 받아들여야 한다

그러기에 우리의 삶

하나하나마다 분수를 알고 살아야 한다

그래야 사소한 시류에 흔들리지 않으며

조그만 일에도 감정이 메이지 않으며

내 곁에 오는 일에

새롭게 맞이하는

자연의 삶에서 즐거운 행복이 머문다.

아내에게

옆에 있을 땐 그리움을 몰랐는데
잠시
곁에 없으니 허전하고 그립구려
지금까지 살아온 우리에겐
춘하추동 계절의 같은 삶에서
바람 부는 날들도 많았었지
뒤돌아보니
내 삶의 전부인 당신에게
늘 미안하고
언제나 사랑하고 고마운 당신.

당신의 모습

바라만 보아도 늘 호수 같은 사람
당신의 모습은 아늑한 산처럼
보고만 있어도 마음이 포근했어요

바람에 꽃들이 춤을 추고
이슬비 맞은 꽃이 세수하듯이
나의 당신은 비가 오나 바람이 불어도
언제나 멋있어 나에겐 행복이랍니다

이젠 세월이 흐르다 보니
언제나
당신을 사모하면서 서글퍼지는 건
바람이 그대를 데려갈까 걱정함이요
바람이 낙엽을 몰고 가는 것처럼
당신의 사랑을 놓칠까 함이에요

사랑은 불같은 뜨거움보다
숭늉처럼 따듯하고 구수하며
오랫동안 식지 않은 가마솥 같기에
오직 한 사람
나의 사랑은 아내인 당신뿐입니다.

보릿고개

춘삼월 해는 왜 그렇게 길기만 한지
솥뚜껑 열어보면 아무것도 없었다
배고픔 설움 이기려
식구 입 하나 줄일까 하고
이웃집 누이는 친척 따라서 도시로 가고
앞집 형은 날품팔이하러
기차를 타고 서울로 갔다

일 년에 한두 번
명절 때 고향에 오면
노심초사하시던 부모님 얼굴이
주름살 펴진 채 기분 좋아하시고
가족들 이야기 소리 웃음꽃 가득하다

연어가 고향으로 돌아오듯이
옆집 뒷집이 떠들썩하고
온 동네가 잔칫날 같은 한 많은 보릿고개

지금도 그때 그 시절을 생각하면 눈물이 난다.

사는 게 뭐냐고

사는 게 뭐냐고 묻지 말아요
꿈이 있는 세상이 얼마나 아름다운가!
너와 내가 가진 재능으로 열심히 산다면
기쁨도 있고 행복의 날 올 거예요

사랑이 뭐냐고 묻지 말아요
사랑이 없는 세상이 얼마나 슬픈 일인가?
너와 내가 가진 천성으로 웃으며 산다면
희망도 있고 사랑스러운 날 올 거예요

꿈을 이룬 그날이 오기까지
안 된다, 포기하지 말아요
실패도 두려워 말아요
오뚝이처럼
넘어져도 다시 일어나 살다 보면
당신의 꿈은 절망을 이겨내고
햇살이 반짝거리는 날 올 거예요.

결혼 40주년

일천구백팔십삼 년 사 월 스물샛 날 토요일
서른 살 총각과 스물여덟 처녀가 혼인하던 날
예쁜 새싹이 돋아나고 아지랑이가 피어오르는
볕이 잘 드는 화창한 봄날이었다

정읍 태양 예식장에서 하얀 드레스 입은
나의 신부는 복사꽃처럼 예쁘고 화사하였다
예식장에 가득 모인
가족 친인척 친구의 축복을 받으며
첫 발걸음을 딛는 벅찬 감정들
주례 선생님 삶의 귀감이 되는 말씀도
난 정신없이 어떻게 서 있는 줄 몰랐다

옆에 아내와 함께 있다는 현실에서
설렘의 기쁨과 미래의 행복을 기도하며
한 시간의 짧은 출발점 시작이
어느덧 40년 세월이 흘러
이젠 초로의 모습이 되어
언제 끝날지 모를 길고 먼
남은 인생의 여정을 향해 동행하고 있다.

사랑은 가고 이별은 오고

나의 사랑은 가고
너의 이별이 오는 건
길지 않은 만남이어서 그런지 몰라도
그래도 인연이 되어 한동안 좋았는데
그 만남이 너무 짧아
우리에겐 무척 괴로웠다

사랑은 양방향 고속도로처럼
잘 만들어졌다 해도
막히고 원활하지 못하면
골목길처럼 좁고 불편한 거다

정이란
조금 불편하더라도
수없이 오가다 보면 추억이 남아
어느 한쪽의 사랑이라도
나도 모르게 오밀조밀한 돌담길처럼
작은 정이 쌓이는 거다.

사랑

사랑이 없으면 나도 없었다
아버지와 어머니 사랑이 없으면
우린 형제도 없었다
그런 사랑이 이어져 우리는 가족을 이뤘다

사랑이란
자연의 축복이요 인간의 축제이다
그러기에
우린 사랑을 잘 간직하고 가꾸어야 한다
끊기지 않게 영원하도록
물려주고 이어받아야 한다
사랑 없이는 행복은 없으며
또한 평화도 없다.

사랑은
주고받으며 나눠주어야 무럭무럭 자란다,
사랑받는 아이는 행복을 느끼며
미래에 평화로운 삶을 만든다
사람뿐 아니라
모든 사물이 사랑으로 어울려질 때
모두가 행복으로 가는 길이다.

사랑이란 그 이름

사랑의 이름은 저마다 몫이 있더라
행복한 사랑은 덕을 쌓아야 생기고
아픔의 이름도 견딜 만큼 받는다, 하네

사랑도, 행복도, 아픔도
나누면서 함께 사는 것
내게 가진 행복은 내 것이 아니요
너의 무거운 짐들이
너만의 아픔이 아니기에
모든 것은 인연대로 따라 사나니

미움의 아픔도 나누지 못해서 나온 거라면
너와 나의 세상의 인연은
혼자서 만든 일 아니듯
내게로 오는 모든 것 기쁘게 받아들이자

사랑이란 그 이름
모두가 함께 나누며 사는 것
잘 사는 행복은 사랑의 이름이더라.

운명

운명은 알 수 없는 것
천만금을 주어도 맞추지 못하는 것
호랑이 눈 콩처럼
한 쌈에 들어 있는 일곱 형제자매라도
오는 순서는 있어도
가는 순서는 모르는 신비로운 생명줄

운명은
장마철에 나타난 짓궂은 소나기처럼
갑자기 다가온 어두운 소식은
눈물로 석 달 열흘 장맛비다

그래도 어찌하겠는가?
타고난 제명대로 사는 게 인생인 것을
석양의 노을 바라보며
인생의 무상함을 느낀다.

유월의 하늘

유월의 끝자락
하늘은 맑고 푸른빛 가득하다
이렇게 눈부시게 고운 파란 대지에
3년 반 동안을 포연으로 가득했다니
그 처참함과 슬픔의 눈물은 강물이 되었지요
다수의 백성은 이념이 뭔지 모르고
등 따습고 배부르면 그것이 평화요
자유로운 세상의 바람인데
평범한 삶을 사는 사람들에게
뜻하지 않은 날벼락으로 생사가 갈리고
부모 형제와 혈육이 끊어지는
깊은 상처에 슬픔의 세상이 되었다
무심한 세월은 흘러서
올해로 전쟁이 멈춘 지
어언 70년의 세월이 되었는데
언제까지 우리는 헤어져서 살아야 하는지
참으로 가슴 아프고 원통한 일이다
가끔 마음이 공허할 땐 하늘을 보면
이토록 아름다운 우리의 강산이
아직도 갈라진 남, 북한 세상은
조금도 변하지 않으니
우리의 가슴은 모두 숯덩이가 되었다.

인생길

살아 계실 땐 몰랐는데
어머니 돌아가시고 나니
후회가 밀물처럼 밀려옵니다

재촉하지 않아도 가는 건 세월인데
더 잘해 드리지 못한 아쉬움이
별만큼 셀 수 없이 많습니다

누구나 가는 인생길
후회 없는 삶이었다면 거짓말이겠지만
되돌릴 수 없는 시간이기에
날이 갈수록 새록새록 생각나는
그리운 어머니.

인생의 계절에서

나뭇가지에 파릇한 봄이 오면
내게도 소년 시절이 있었네

숲 우거진 여름 산길 걸으면
내게도 젊음이 있음을 알았네

가을의 풍요로운 들녘을 보면
내게는 좋은 시절이었지

낙엽 지고 앙상한 가지에
흰 눈 덮일 때

내게 다가오는 시간이 오면
고요히 그곳에서 잠들라 하네.

일흔

어느덧 내 인생이
올해 일흔이 되었다
지나온 나의 삶을 생각해 보니
나름대로 멀고 긴 항해를
등댓불을 보고 찾아가는 길이었다

이제까지 잘한 것도
못 한 일 모두 내 팔자며
그 섞어진 혼돈 속에서
세월은 어김없이 가고 있다, 걸 알았을 땐
새롭게 시작하는 일흔이라는
숫자의 두려움이 없다면 거짓말이지만
크고 작은 비바람과 순풍에도
모든 것 다 견디며 천천히
새로운 항해로
내 인생을 싣고 조심히 가고 있다

돌이켜 보면
일 년이란 시간이
매일 해와 달이 바뀜이라면
지난 예순아홉의 나날은 번개 같기만 했다

살면 살수록
항해의 뱃길은 갈수록 험난해도
아무것도 모른 체
무턱대고 갈 수밖에 없는
나의 운명이기에
지금까지 그랬던 것처럼
앞으로도 큰 사고 없이 순항했으면 좋겠다
또 그런 마음이
삶을 통한 경험으로 잘 극복해 나가고 싶다

이젠 더 나은 삶보다는
안 좋은 일이 없기를 기도하며
주어진 시간을 잘 갈무리하여
오늘도 감사한 마음으로 글 쓰며 지내고 싶다.

행복한 사랑이란

행복한 사랑이란
시작은 있어도 끝이 없는 사랑입니다
왜냐고요
그 끝은 죽음이기 때문입니다
그러기에 우리는 살아있는 동안
죽지 않을 만큼의 열정으로
서로 사랑하며 살아야 합니다

가끔 누군가 헤어졌다는 소식을 들으면
한편엔 가슴이 미어질 만큼 아픕니다
사랑은 모든 것을 만들 수도
바꿀 수 있고 가질 수 있는
위대한 힘을 가지고 있는데
누구에게나 주어진 그 귀한 선물을
더 크고 아름답게 만들어 쓰지 못하고
버렸다는 소리는 자신에게 주어진
소중한 생명을 잃었다는 것입니다

조금만 생각해 보면
사랑만큼 행복을 만들어 주는 것 없고
사랑하는 것만큼 아름다움도 없으며
사랑할수록 향기로움이 진하며
영원히 우리 곁에서 미소로
나를 행복하게 만들어 주고
살아가는 삶의 원천인데
그 귀하디귀한 사랑을 허투루 하다니요

이제부터라도 포기하지 말고
다시 시작해요
사랑은 천사 같아서
지난 상처를 흔적 없이 지워주고
새로운 모습으로 다가올 테니까요
우린 사랑이라는 정원에서
꽃을 가꾸며 살다가
그 꽃들이 오랜 세월이 지나가 시들면
우리가 사랑하며
잘 살았던 삶도 끝이니까요.

거미

거미는 알고 있다
모기 파리들이 시력이 나쁘다는 걸
꾀 많은 모기 파리는 잽싸면서
냄새는 귀신같이 잘 맡아서
느림보 거미를 얕잡아보며 놀리다
거미줄에 걸려서 죽는 신세가 되었다
놀림 값은 혹독했으며
느림이 빠름을 이겼고
겸손이 오만함을 가르쳐 준 거미.

의자

나뭇잎 떨어지는 어느 가을날
잠시, 공원 벤치에 앉아 있는데
휑하니 찬바람이 노인 곁을 지나가네

아들딸 시집 장가 다 보내고
우두하니 홀로 있는 모습
덩그러니 빈 의자 노인을 기다리고 있네

텅 빈 공원의 가을 풍경은
지난날 시끌벅적했던 시절은
어디로 가고 아무도 찾지 않은
구석진 모습이 되어
노인의 추억만 간직한 채
빛바랜 한 권의 사진첩 같구나.

당신에게 드리는 꽃다발

당신에게 꽃다발을 드리고 싶습니다
날마다 우리를 위해 몸과 마음으로
혼신으로 열정을 바치신 당신입니다

당신에게 선물을 드리고 싶습니다
누가 알아볼까 봐
조용히 보이지 않는 곳에서
묵묵히 희생으로 봉사하여 준 당신입니다

당신에게 칭찬의 박수를 드리고 싶습니다
언제 어디서나 밝은 미소로
사람의 마음을 편하게 하고

남이 힘들고 지쳐서 마음 아파할 때
함께 있어 줘 위로해 주고
용기를 내어 일어서게 해 준 당신입니다

평생을 가족을 위해서
열심히 살아온 당신
자신을 위해 먹는 것 입는 것
좋은 것 하나 갖지 않은 당신입니다

당신은 언제나 고맙고
사랑스러우며
우리 집 행복의 천사이기에

오늘만이라도 당신의 마음을
기쁘게 해 드리고
향기 그윽한 꽃다발을 드리며
감사한 마음을 전하고 싶습니다.

사랑이란 그 이름

한영호 지음

발행처   도서출판 청어
발행인   이영철
영업   이동호
홍보   천성래
기획   남기환
편집   방세화
디자인   이수빈 | 김영은
제작이사 공병한
인쇄   두리터

등록   1999년 5월 3일
        (제321-3210000251001999000063호)

1판 1쇄 발행 2023년 10월 30일

주소   서울특별시 서초구 남부순환로 364길 8-15 동일빌딩 2층
대표전화 02-586-0477
팩시밀리 0303-0942-0478
홈페이지 www.chungeobook.com
E-mail   ppi20@hanmail.net

ISBN   979-11-6855-199-2(03810)

본 시집의 구성 및 맞춤법, 띄어쓰기는 작가의 의도에 따랐습니다.